Léonard de Vinci

Prophéties

précédé de

Philosophie

et

Aphorismes

*Traduit de l'italien
par Louise Servicen*

Gallimard

Ces textes sont extraits des *Carnets* de Léonard de Vinci
(Tel n°s 116 et n° 117).

Né en avril 1452, dans un petit village de Toscane, Léonard de Vinci est le fils illégitime d'un notaire, ser Piero, et d'une paysanne ; la femme du notaire le recueille et l'élève comme son enfant. La famille de ser Piero s'installe à Florence où le jeune garçon devient l'apprenti incroyablement doué du peintre Verrocchio. Il reçoit une éducation soignée et se montre très attiré par les sciences. En 1472, il est admis dans la corporation des peintres florentins de saint Luc et l'on retrouve son coup de pinceau dans plusieurs tableaux aujourd'hui exposés au musée des Offices. En 1481, il part à Milan au service du prince Ludovic Sforza, dit le More, auprès de qui il restera plus de quinze ans. C'est de cette époque que date la magnifique *Vierge au Rocher* — dont il existe deux versions (l'une au Louvre, l'autre à Londres). *La Cène* (1495-1497), quant à elle, est peinte sur les murs d'un couvent dominicain à Milan. Parallèlement à la peinture, il se consacre à l'anatomie, l'art militaire, les oiseaux puis à la géométrie. Lorsqu'en 1499, l'armée française de Louis XII prend possession de la ville, Léonard séjourne à Mantoue et Venise avant de se mettre au service de César Borgia comme ingénieur militaire. Quelques mois plus tard, il rentre à Florence où règne Michel-Ange et prépare les cartons de la *Bataille d'Anghiari* pour le Palazzo Vecchio, peinture qui doit rivaliser avec la *Bataille de Cascina* de son concurrent. Il entreprend ensuite le *Portrait de Lisa del Giocondo*, connu sous le nom de *La Joconde ou Monna Lisa*. En 1516, sur l'invitation de François Ier, il s'installe en France au Clos-Lucé, à Amboise, et, sous cette protection bienveillante, s'adonne à des études de géométrie, architecture, urbanisme et hydraulique, mais ne peint plus. Il meurt le 2 mai 1519 et repose aujourd'hui dans la chapelle du château d'Amboise.

Peintre dont la renommée ne repose que sur une quinzaine d'œuvres, théoricien, chercheur philosophe et scientifique visionnaire, Léonard de Vinci incarne tout le génie de la Renaissance.

Découvrez, lisez ou relisez Léonard de Vinci :

CARNETS, I (Tel n° 116)

CARNETS, II (Tel, n° 117)

PHILOSOPHIE

« La nature est pleine de causes infinies que l'expérience n'a jamais démontrées. »

Nous ne manquons point de systèmes ou de moyens pour diviser et mesurer nos misérables jours ; nous devrions prendre plaisir à ne pas les gaspiller, ni souffrir qu'ils se passent sans louange, sans laisser aucun souvenir dans la mémoire des mortels, afin que leur misérable cours ne s'écoule pas en vain.

C. A. 12 v. a

Notre jugement n'évalue pas dans leur ordre exact et congru les choses qui se sont passées à des périodes différentes ; car maints événements eurent lieu il y a bien des années, qui semblent toucher au présent, et beaucoup de choses récentes nous font l'effet d'être anciennes et de remonter à l'époque lointaine de notre jeunesse. Et il en est ainsi de l'œil, en ce qui concerne les objets distants qui nous paraissent proches quand le soleil les illumine, alors que les objets proches semblent lointains.

C. A. 29 v. a

Le bonheur suprême sera la plus grande cause de misère, et la perfection de la sapience une occasion de folie.

C. A. 39 v. c

Toute partie tend à se réunir à son tout, pour échapper ainsi à sa propre imperfection.

L'âme désire résider avec le corps parce que sans les membres de ce corps, elle ne peut ni agir ni sentir.

C. A. 59 r. b

(Dessin : un oiseau en cage.)

Les pensées se tournent vers l'espoir[1].

C. A. 68 v. b

Ô Temps, consumateur de toute chose ! envieuse vieillesse qui consumes toute chose peu à peu, avec la dure dent de la vieillesse, en une lente mort ! Hélène, quand elle se regardait

---

1. L'esquisse tracée en regard de cet axiome nous rappelle que, selon Vasari, Léonard avait accoutumé de payer le prix demandé par les propriétaires d'oiseaux captifs, pour le seul plaisir de les libérer. *(Toutes les notes sont d'Edward MacCurdy, et traduites de l'anglais par Louise Servicen.)*

dans son miroir et voyait la flétrissure des rides que l'âge avait inscrites sur son visage, se demandait en pleurant pourquoi elle fut deux fois enlevée.

Ô Temps, consumateur de toute chose ! Ô vieillesse envieuse, par quoi toute chose est consumée.

C. A. 71 r. a

L'âge, qui s'envole, glisse en secret et leurre l'un et l'autre ; et rien ne passe aussi rapidement que les années ; mais qui sème la vertu récolte l'honneur.

C. A. 71 v. a

C'est à tort que les hommes se lamentent sur la fuite du temps, l'accusant d'être trop rapide, sans s'apercevoir que sa durée est suffisante ; mais la bonne mémoire dont la nature nous a dotés, fait que les choses depuis longtemps passées nous semblent présentes.

Celui qui voudrait voir comment l'âme réside dans le corps n'a qu'à regarder comment ce corps use de son habitacle de tous les jours ; s'il y règne confusion et désordre, l'âme maintiendra le corps en état de désordre et de confusion.

C. A. 76 r. a

Ô toi qui dors, qu'est-ce que le sommeil ? Le sommeil ressemble à la mort. Oh, pourquoi n'accomplis-tu pas une œuvre telle, qu'après ta mort tu représentes une image de vie parfaite, toi qui, vivant, le fais, dans le sommeil, semblable aux tristes morts ?

L'homme et les animaux ne sont qu'un passage et un canal à aliments, une sépulture pour d'autres animaux, une auberge de morts, qui entretiennent leur vie grâce à la mort d'autrui, une gaine de corruption.

C. A. 76 v. a

Considère une chose que l'on rejette d'autant plus qu'elle est nécessaire : c'est le conseil, écouté à contrecœur par ceux-là qui en ont le plus besoin, à savoir les ignorants. Considère une chose qui se rapproche de toi d'autant plus que tu as peur d'elle et que tu l'évites : c'est la misère ; plus tu la fuis, plus elle te rend malheureux et t'ôte tout repos.

C. A. 80 v. a

L'expérience, truchement entre l'ingénieuse nature et l'espèce humaine, nous enseigne que ce que cette nature effectue parmi les mortels contraints par la nécessité ne saurait se produire autrement que de la façon que lui enseigne la raison, laquelle est son gouvernail.

C. A. 86 r. a

Aux ambitieux que ni le don de la vie ni la beauté du monde ne suffisent à satisfaire, il est imposé comme châtiment qu'ils gaspillent la vie et ne possèdent ni les avantages ni la beauté du monde.

C. A. 91 v. a

L'air, dès que point le jour, est rempli d'innombrables images auxquelles l'œil sert d'aimant.

C. A. 109 v. a

Acquiers dans ta jeunesse ce qui compensera les misères de ta vieillesse. Et si tu entends que ta vieillesse ait la sapience pour aliment, étudie pendant que tu es jeune, pour que cette vieillesse ne manque point de nourriture.

C. A. 112 r. a

Dans la nature, point d'effet sans cause ; comprends la cause et tu n'auras que faire de l'expérience.

C. A. 147 v. a

L'expérience ne trompe jamais ; seuls vos jugements errent, qui se promettent des résul-

tats étrangers à notre expérimentation personnelle. Car étant donné un principe, il faut
que sa conséquence en découle naturellement
à moins d'un empêchement ; alors que, s'il est
affecté par une influence contraire, l'effet qui
devait résulter du principe procédera de cette
influence contraire, plus ou moins, selon que
celle-ci s'exercera avec plus ou moins de puissance sur le principe posé.

C. A. 154 r. b

L'expérience n'est jamais en défaut. Seul l'est
notre jugement, qui attend d'elle des choses
étrangères à son pouvoir.

Les hommes se plaignent injustement de l'expérience et lui reprochent amèrement d'être
trompeuse. Laissez l'expérience tranquille et
tournez plutôt vos reproches contre votre propre ignorance qui fait que vos désirs vains et
insensés vous égarent au point d'attendre d'elle
des choses qui ne sont pas en son pouvoir. Les
hommes se plaignent à tort de l'innocente expérience et l'accusent de mensonge et de démons-
trations fallacieuses !

C. A. 154 r. c

Ô mathématiciens, faites la lumière sur cette erreur ! L'esprit n'a pas de voix, car là où la voix existe, il y a un corps et là où il y a un corps, il occupe dans l'espace une place qui intercepte les objets situés derrière cet espace ; donc ce corps en soi emplit tout l'air environnant, c'est-à-dire par les images qu'il présente.

C. A. 190 v. b

Le corps de la terre est de la nature du poisson, dauphin ou cachalot, qui au lieu d'air aspire l'eau.

C. A. 203 r. b

Comment les mouvements de l'œil, du rayon solaire et de l'esprit, sont les plus rapides qui soient :

Le soleil, dès qu'il paraît à l'orient, projette aussitôt ses rayons à l'occident ; et ceux-ci se composent de trois forces immatérielles, à savoir : le rayonnement, la chaleur et l'image de la forme qui les produit.

L'œil, dès qu'il s'ouvre, contemple tous les astres de notre hémisphère.

L'esprit passe en un instant de l'orient à l'occident ; et toutes les grandes choses immatérielles ressemblent beaucoup à celles-ci, sous le rapport de la vélocité.

C. A. 204 v. a

Lorsque tu veux produire un résultat avec un instrument, ne te permets pas de le compliquer en recourant à des nombreux moyens subsidiaires, mais procède le plus brièvement que tu peux, et n'agis point comme ceux qui ne sachant comment exprimer une chose à l'aide du vocabulaire approprié, recourent à des circonlocutions, avec grande prolixité et confusion.

C. A. 206 v. a

Deux faiblesses qui s'appuient l'une à l'autre créent une force. Voilà pourquoi la moitié du monde en s'appuyant contre l'autre moitié, se raffermit.

C. A. 244 v. a

Alors que je croyais apprendre à vivre, j'apprenais à mourir.

C. A. 252 r. a

Chaque partie d'un élément séparé de sa masse désire y faire retour par le chemin le plus court.

C. A. 273 r. b

Le néant n'a point de centre, et ses limites sont le néant.

Mon contradicteur me dit que le néant et le vide sont une seule et même chose ; on les désigne il est vrai de deux noms différents, mais dans la nature ils n'existent pas isolément.

La réponse est que partout où il existe un vide, il y a aussi un espace qui l'entoure, mais le néant existe indépendamment de l'espace ; en conséquence, le néant et le vide ne sont point pareils, car l'un peut se diviser à l'infini, alors que le néant ne saurait être divisé, puisque rien ne peut être moindre que lui ; et si tu pouvais en distraire une partie, cette partie serait égale au tout, et le tout à la partie.

C. A. 289 v. b

Aristote, dans le Troisième (volume) de l'*Éthique* : l'homme mérite la louange ou le blâme uniquement en raison des actions qu'il est en son pouvoir de faire ou de ne pas faire.

C. A. 289 v. c

Qui attend de l'expérience ce qu'elle ne possède point, dit adieu à la raison.

C. A. 299 r. b

Pour quel motif les bêtes qui sèment leur semence la sèment-elles avec plaisir, et celle qui l'attend la recueille-t-elle avec plaisir et enfante-t-elle dans la douleur?

C. A. 320 v. b

La passion intellectuelle met en fuite la sensualité.

C. A. 358 v. a

La connaissance du temps passé et de la position de la terre, est ornement et nourriture pour l'esprit humain.

C. A. 373 v. a

Des grandes choses qui se trouvent parmi nous, l'existence du néant est la plus grande. Il réside dans le temps, et prolonge ses membres dans le passé et dans l'avenir, — et ce faisant accueille en soi toutes les œuvres passées et futures, aussi bien celles de la nature que des animaux. Il ne possède rien du présent indivisible. Toutefois, il n'atteint pas l'essence même des choses.

C. A. 398 v. d

CORNELIUS CELSUS

La sagesse est le bien suprême, la souffrance physique le pire des maux. Or nous sommes un composé de deux éléments, l'âme et le corps, dont le premier est le meilleur et le corps le moindre. La sagesse ressortit au meilleur des deux éléments, le plus grand mal ressortit au pire et il est ce qu'il y a de pire. Ce qu'il y a de meilleur dans l'âme est la sagesse, et de pire dans le corps, la souffrance. Donc, comme le plus grand mal est la douleur physique, ainsi la sagesse constitue le suprême bien de l'âme, c'est-à-dire du sage, et rien ne saurait lui être comparé.

Tr. 3 a

L'amant est attiré par l'objet aimé, comme le sens par ce qu'il perçoit; ils s'unissent et ne forment plus qu'un. L'œuvre est la première chose qui naît de cette union. Si l'objet aimé est vil, l'amant s'avilit. Si l'objet avec lequel il y a eu union est en harmonie avec celui qui l'accueille, il en résulte délectation, plaisir et satisfaction. L'amant est-il uni à ce qu'il aime, il trouve l'apaisement; le fardeau déposé, il trouve le repos. La chose se reconnaît avec notre intellect.

Tr. 9 a

Comme une journée bien remplie apporte un paisible sommeil, ainsi une vie bien employée apporte une mort paisible.

Tr. Tav. 28 a

Plus grande est la sensibilité, plus grand le martyre.

Tr. 35 a

Toute notre connaissance découle de notre sensibilité.

Tr. 41 a

Connaissance scientifique des choses possibles, soit présentes, soit passées. Prescience de ce qui pourrait être.

Tr. 46 r.

Démétrius avait accoutumé de dire qu'il n'existe point de différence entre les mots et propos des sots et des ignorants, et les sons et bruits causés dans l'estomac par l'excès des vents. Il ne parlait pas sans raison, n'estimant pas qu'il fallût établir une différence entre le côté d'où sort la voix, que ce soit de la partie inférieure ou de la bouche, l'une et l'autre ayant une valeur et une importance équivalentes.

Tr. 52 a

Rien ne peut être inscrit comme étant le résultat de recherches nouvelles.

Tr. 53 a

Jouissance — aimer l'objet pour lui-même et pour nul autre motif.

Les sens ressortissent à la terre ; la raison, à l'écart, reste contemplative.

Tr. 59 a et 60 a

Bien remplie, la vie est longue.

Dans les fleuves, l'eau que tu touches est la dernière des ondes écoulées et la première des ondes qui arrivent : ainsi du temps présent.

Tr. 63 a

Toute action doit nécessairement trouver son expression dans le mouvement.

Connaître et vouloir sont deux opérations de l'esprit humain.

Discerner, juger, réfléchir sont des actes de l'esprit humain.

Notre corps est soumis au ciel, et le ciel à l'esprit.

Tr. 65 a

Souvent une seule et même chose est soumise à deux violences : nécessité, puissance.

L'eau tombe en pluie et la terre l'absorbe par besoin d'humidité ; le soleil l'évapore, non par besoin, mais par puissance.

Tr. 70 a

L'âme ne peut jamais être infectée par la corruption du corps, mais elle agit dans le corps à la manière du vent qui fait naître le son de l'orgue ; un des tuyaux vient-il à s'abîmer, le résultat sera fâcheux en raison du vide produit.

Tr. 71 a

Si tu maintenais ton corps en harmonie avec la vertu, tes désirs ne seraient pas de ce monde.

Tu grandis en réputation comme le pain s'étire aux mains des enfants.

B. 3 v.

Il ne saurait y avoir de son où il n'y a pas mouvement ou percussion de l'air. Il ne saurait y avoir percussion de l'air où il n'y a pas d'instrument. Il ne saurait y avoir d'instrument sans corps. Dans ces conditions, un esprit ne peut avoir ni voix ni forme ni force, et s'il prenait un corps il ne pourrait pénétrer ni entrer où les portes sont closes. Et si quelqu'un disait qu'au moyen de l'air rassemblé et comprimé, un esprit

peut emprunter diverses formes et ainsi parler
et se mouvoir avec force, ma réponse sera que
là où il n'y a ni nerfs ni os, aucune force ne saurait être produite par le mouvement d'esprits
imaginaires. Fuis les préceptes de ces spécula-
teurs dont les arguments ne sont pas confirmés
par l'expérience.

B 4 v.

DE LA NATURE DE LA FORCE

Je définis la force comme une puissance spirituelle, immatérielle et invisible, animée d'une
vie brève laquelle se manifeste dans les corps
qui, par suite de violence accidentelle, se trouvent hors de leur état ou inertie naturels.

Je dis spirituelle, parce qu'une vie active,
immatérielle, réside dans cette force, et je l'appelle invisible parce que le corps où elle se manifeste n'augmente ni de poids ni de volume; et
de brève durée, parce qu'elle cherche perpétuellement à vaincre la cause qui l'a suscitée, et
celle-ci vaincue, elle en meurt.

B 63 r.

Ne point désirer l'impossible.

E 31 v.

FIGURE DES ÉLÉMENTS

De la figure des éléments; et avant tout contre ceux qui nient l'opinion de Platon disant que si ces éléments se recouvraient l'un l'autre sous les formes que leur a attribuées Platon, un vide se produirait entre eux, ce qui est inexact. Je le prouve ici, mais avant tout il importe de proposer quelques conclusions.

Il n'est point nécessaire qu'aucun des éléments qui se recouvrent soit en toute sa quantité d'une épaisseur égale à celle qu'il a entre la partie qui revêt et celle qui est revêtue. Nous voyons que la sphère de l'eau a manifestement différentes épaisseurs, de sa surface au fond, et que non seulement elle couvrirait la terre si celle-ci avait la forme du cube, c'est-à-dire huit angles comme veut Platon, mais qu'elle couvre cette terre avec ses innombrables angles de rochers submergés et divers creux ou protubérances, sans qu'il en résulte aucun vide entre la terre et l'eau. En outre, pour ce qui est de l'air qui revêt la surface aqueuse, et en même temps les monts et les vallées qui dépassent cette sphère, il ne subsiste aucun vide entre la terre et l'air. Ainsi, quiconque a dit qu'il s'y produit du vide a fait un triste discours.

À Platon, on répondra que la surface des figures qu'auraient selon lui les éléments ne pourrait exister. Tout élément flexible et liquide a par nécessité une surface sphérique. On le prouve avec la sphère de l'eau, mais d'abord il faut exposer quelques conceptions et conclusions. Cette chose est plus haute qui est la plus éloignée du centre du monde, et celle-là est plus basse, qui est plus rapprochée de ce centre. L'eau ne se meut pas d'elle-même, à moins qu'elle ne descende, et en se mouvant elle descend. Ces quatre conceptions placées deux par deux me servent à prouver que l'eau qui ne se meut pas d'elle-même a sa surface équidistante du centre du monde, et je ne parle pas des gouttes ou autres petites quantités qui s'attirent, tel l'acier, la limaille, mais des grandes masses.

F 27 r.

Conception : la nécessité veut que l'agent physique soit en contact avec celui qui l'emploie.

F 36 v.

Observe la lumière et considère sa beauté. Cligne des yeux et regarde-la. Ce que tu vois n'y était pas au début, et ce qui y était n'est plus. Qui donc la renouvelle, si celui qui l'a faite meurt continuellement?

F 49 v.

L'autre preuve donnée par Platon à ceux de Délos ne relève pas de la géométrie, car elle procède au moyen d'instruments, règle et compas, et l'expérience ne la démontre pas. Mais celle-ci est toute mentale, et par conséquent géométrique.

F 59 r.

L'homme a une grande puissance de parole, en majeure partie vaine et fausse. Les animaux en ont peu, mais ce peu est utile et vrai[1] et mieux vaut une chose petite et certaine, qu'un grand mensonge.

F 96 v.

Toi qui médites sur la nature des choses, je ne te loue point de connaître les processus que la nature effectue ordinairement d'elle-même, mais me réjouis si tu connais le résultat des problèmes que ton esprit conçoit.

G 47 r.

---

1. C'est-à-dire *vero* (lecture adoptée par le Dr Richter), le ms. porte « verso ».

Les mots qui n'arrivent pas à satisfaire l'oreille de l'auditeur le fatiguent ou l'ennuient ; et tu t'en apercevras maintes fois à ce que ces auditeurs bâillent fréquemment. Par conséquent, quand tu t'adresses à des hommes dont tu recherches le suffrage, abrège ton discours si tu surprends ces signes évidents d'impatience, ou change de conversation ; car autrement, au lieu de la faveur désirée, tu t'acquerrais leur aversion et leur inimitié.

Et si, sans l'avoir entendu parler, tu veux savoir de quoi un homme se délecte, entretiens-le de sujets divers et quand tu le verras attentif, sans bâillement ni froncement de sourcils ni aucun autre geste, sois certain que la chose dont il s'agit est celle qui lui plaît.

G 49 r.

Tout mal laisse une tristesse dans la mémoire, hormis le mal suprême, la mort, qui détruit la mémoire en même temps que la vie.

H 33 v.

Rien n'est à craindre autant qu'une fâcheuse réputation. Cette fâcheuse réputation est due aux vices.

H 40 r.

Si la nature a donné aux organismes animés, doués de mouvement, la faculté de sentir la douleur — afin de préserver les membres susceptibles d'être amoindris ou détruits dans l'accomplissement de ces mouvements, — les organismes qui ne se peuvent mouvoir ne risquent donc pas de se heurter à des objets ; dès lors les plantes n'ont pas à être sensibles à la douleur ; de sorte que si tu les brises, elles ne ressentent pas de souffrance en leurs membres, comme les animaux.

H 60 (12) r.

(*De l'âme.*)

La terre quand elle heurte la terre la refoule et provoque un très léger mouvement des parties heurtées.

L'eau frappée par l'eau forme des cercles concentriques qui s'étendent jusqu'à une grande distance de l'endroit où elle a été frappée ; la voix, dans l'air, va plus loin et, plus loin encore, à travers le feu ; l'esprit plane au-dessus de l'univers, mais étant fini, il ne s'étend pas dans l'infini.

H 67 (19) r.

(Parallèle entre l'organisme de la nature et celui de l'homme.)

L'eau qui sourd dans la montagne est le sang qui maintient la montagne en vie. L'une de ses veines vient-elle à s'ouvrir, soit en elle, soit à son flanc, la Nature, désireuse d'aider ses - organismes et de compenser la perte de la matière humide qui s'écoule, prodigue un secours diligent, comme aussi à l'endroit où l'homme a reçu un coup. On voit alors, à mesure que le secours lui vient, le sang affluer sous la peau et former une enflure, afin de crever la partie infectée. De même, quand la vie est retranchée au sommet (de la montagne) la nature envoie ses humeurs, depuis ses plus basses assises jusqu'à l'extrême hauteur de l'endroit démuni ; et, celles-ci s'y déversant, elle ne la laisse pas privée, jusqu'à la fin de sa vie, du fluide vital.

H 77 (29) r.

Tout tort sera redressé.

H 99 (44 v.) r.

Le mouvement est le principe de toute vie.
H 141 (2 v.) r.

Qui n'attache pas de prix à la vie, ne la mérite pas.

I 15 r.

La nature est pleine de causes infinies, que l'expérience n'a jamais démontrées.

I 18 r.

Qu'est-ce que les hommes désirent vivement mais ne connaissent point quand ils l'ont? Le sommeil.

I 56 (8) r.

Le vin est bon mais à table l'eau est préférable.

I 122 (74 v.)

La science est le capitaine, la pratique est le soldat.

I 130 (82) 2

LE LIN ET LA MORT.

Le lin est dédié à la mort et à la corruption humaine; à la mort, par les lacs dont les mailles capturent les oiseaux, les bêtes et les poissons; à la corruption, par les draps de lin dans lesquels sont ensevelis les morts qu'on enterre; car dans ces linceuls ils sont soumis à l'œuvre de corruption.

De plus, le lin ne se détache pas de sa tige

avant qu'il n'ait commencé à mollir et pourrir ;
il devrait former les guirlandes et ornements des
processions funèbres.

L 72 v.

Seule la vérité fut fille du temps.

M 58 v.

Les petites chambres ou habitations main-
tiennent l'esprit dans le droit chemin, les
grandes sont cause qu'il dévie.

Ms. 2038 Bib. nat. 16 r.

De même que la nourriture prise sans appétit
est nuisible à la santé, ainsi l'étude sans désir
altère la mémoire et l'empêche de s'assimiler ce
qu'elle absorbe.

Ms. 2038 Bib. nat. 34 r.

N'appelle point ces richesses qui peuvent se
perdre ; la vertu est notre richesse véritable, et la
vraie récompense de qui la possède. Elle ne saurait être perdue ; elle ne nous abandonnera
qu'avec la vie. Pour la propriété et les biens
matériels, tu dois toujours les redouter ; souvent
ils laissent leur possesseur dans l'ignominie, et
vient-il à les perdre, il est moqué.

Ms. 2038 Bib. nat. 34 v.

Le poids d'un petit oiseau qui s'y pose suffit à déplacer la terre.

La surface de la sphère liquide est agitée par une minuscule goutte d'eau qui y tombe.

B. M. 19 r.

La nature, pour accomplir un acte, prend toujours le chemin le plus court.

B. M. 85 v.

Où la descente est le plus facile, l'ascension est le plus difficile.

B. M. 120 r.

Ce que l'on nomme néant ne se rencontre que dans le temps et le discours. Dans le temps, il se trouve entre le passé et le futur et ne retient rien du présent ; de même dans le discours, quand les choses dont il est parlé n'existent point ou sont impossibles.

Dans la nature, le néant ne se rencontre point : il s'associe aux choses impossibles, raison pour laquelle on dit qu'il n'a pas d'existence. Dans le temps, le néant se trouve entre le passé et le futur et ne possède rien du présent ; et dans la nature il s'associe aux choses impossibles, ce pourquoi l'on dit qu'il n'a pas d'existence. Car là où le néant existerait, il y aurait le vide.

Parmi l'immensité des choses qui nous environnent, l'existence du néant tient la première place et sa fonction s'étend sur ce qui n'a point d'existence ; dans le domaine du temps il se trouve, par essence, entre le passé et le futur, sans rien posséder du présent. Les parties de ce néant sont égales au tout et le tout est égal aux parties, le divisible à l'indivisible, et son pouvoir ne s'étend pas aux choses de la nature, car la nature a horreur du vide, et ce néant perd son essence, puisque la fin d'une chose marque le commencement d'une autre.

Il est possible de considérer tout (ce qui a une) substance comme divisible en une infinité de parts.

Parmi la grandeur des choses qui nous environnent, l'existence du néant occupe la première place, sa fonction s'étend parmi celles qui n'ont point d'existence, et dans le domaine du temps, il se trouve par essence entre le passé et le futur sans rien posséder du présent. Les parties de ce néant sont égales au tout et le tout est égal aux parties, le divisible à l'indivisible ; et que nous le divisions ou le multipliions ou l'additionnions ou y opérions une soustraction, tout cela revient au même, ainsi que le démontrent les arithméticiens par leur dixième signe qui représente ce néant. Et son pouvoir ne s'étend point aux choses de la nature.

B. M. 131 r.

(De la fin du monde.)

L'élément liquide demeurant enclos entre les berges surélevées des fleuves et les rives de la mer, il adviendra, avec le volume augmenté de la terre que, de même que l'air environnant doit lier et circonscrire la machine amollie de la terre, ainsi sa masse qui était comprise entre l'eau et l'élément du feu se trouvera étroitement comprimée et privée de l'eau nécessaire.

Les fleuves resteront à sec ; la terre fertile ne produira plus ses bourgeons ; le champ ne connaîtra plus l'ondulation des blés. Tous les animaux périront faute d'herbe fraîche pour se nourrir ; les lions dévorants, les loups et autres bêtes rapaces n'auront plus de pâture pour vivre ; et après beaucoup d'expédients désespérés, les hommes seront forcés de renoncer à la vie et la race humaine cessera d'être.

Ainsi abandonnée, la terre fertile et féconde demeurera aride et stérile, et grâce à l'humeur aqueuse enfermée en son ventre et par sa vivace nature, elle continuera de suivre en partie sa loi de développement jusqu'à ce que, ayant traversé l'air froid et raréfié, elle soit forcée d'achever sa course dans l'élément du feu. Alors sa surface se consumera en cendres et ce sera la fin de toute terrestre nature.

B. M. 155 v.

(Une controverse.)

Contre. — Pourquoi la nature n'a-t-elle pas interdit qu'un animal vive de la mort d'un autre ?

Pour. — La nature, capricieuse et se plaisant à créer et produire une continuelle succession de vies et de formes dont elle sait qu'elles concourent à l'accroissement de sa substance terrestre, est plus prête et prompte à créer que ne l'est le temps à détruire ; voilà pourquoi elle a prescrit que beaucoup d'animaux serviront de nourriture les uns aux autres ; et ceci ne suffisant pas à la satisfaire, elle souffle fréquemment certaines vapeurs nocives et pestilentielles (et de continuels fléaux) sur les vastes agglomérations et troupeaux de bêtes, et en particulier des hommes, qui se multiplient très rapidement parce que les autres animaux n'en font pas leur pâture ; et les causes supprimées, les effets cesseront.

Contre. — Voilà pourquoi la terre cherche à se défaire de sa vie, tout en souhaitant la reproduction continuelle pour la raison qui a été exposée et démontrée. Souvent les effets ressemblent à leurs causes. Les animaux sont un exemple de la vie universelle.

Pour. — Considère l'espoir et le désir (pareils à l'élan du phalène vers la lumière) qu'éprouve l'homme de se rapatrier et de retourner au chaos primordial. Avec un désir continuel, il attend joyeusement chaque printemps nouveau et chaque nouvel été, et les mois nouveaux et les années nouvelles, et trouve que les choses souhaitées sont trop lentes à venir, sans comprendre qu'il aspire à sa propre destruction. Mais la quintessence de cette aspiration compose l'esprit des éléments, lequel se trouvant captif dans la vie du corps humain, veut perpétuellement retourner à son mandant.

Et sache que ce même désir est dans sa quintessence, inhérent à la nature, et que l'homme est le modèle du monde.

B. M. 156 v.

Voilà pourquoi la fin du rien et le commencement de la ligne sont en contact réciproque, mais ils ne se rejoignent pas, et leur point de contact est le point qui sépare la continuation du rien et la ligne.

Il s'ensuit que le point est moins que rien, et si toutes les parties du néant sont égales à l'une, nous n'en pouvons que davantage inférer que tous les points équivalent à un point unique et qu'un seul est égal à tous.

Et il s'ensuit donc que beaucoup de points imaginaires en contact continu ne constituent pas la ligne, et en conséquence beaucoup de lignes en contact continu, en ce qui concerne leurs côtés, ne constituent pas une surface, non plus que beaucoup de surfaces en contact continu ne forment un corps, parce que parmi nous, les corps ne sont point formés d'éléments immatériels.

Le point est ce qui n'a pas de centre parce qu'il est tout centre, et rien ne saurait être moindre.

Le contact du liquide avec le solide constitue une surface commune à l'un et à l'autre, la même pour les plus légers comme pour les plus lourds.

Tous les points sont équivalents à l'un et l'un à tous.

Le néant a une surface en commun avec une chose, et la chose a une surface en commun avec le néant, et la surface d'une chose ne fait pas partie d'elle. Il s'ensuit que la surface du néant n'est pas une partie de ce néant ; il faut donc, en conséquence, admettre qu'une simple surface constitue la frontière commune entre deux choses qui sont en contact ; ainsi la surface de l'eau ne fait pas partie de l'eau, ni par conséquent de l'atmosphère, et nul autre corps ne s'interpose entre elles. Qu'est-ce donc alors qui sépare l'atmosphère de l'eau ? Il faut nécessairement qu'il existe une frontière commune, qui n'est ni air ni eau, mais qui est sans substance, attendu qu'un corps interposé entre deux autres empêche leur contact, ce qui n'est pas le cas entre l'eau et l'air, car ils se touchent sans aucun intermédiaire. Voilà pourquoi ils sont joints et tu ne pourras soulever ou agiter l'air sans l'eau, ni ne pourras soulever un objet plat posé sur un autre, sans passer au travers de l'air. Par conséquent une surface constitue la frontière commune de deux corps qui ne sont pas continus, et elle ne fait pas partie de l'un ou de l'autre, car en ce cas elle aurait un volume divisible alors qu'il ne l'est pas et que seul le néant sépare ces deux corps.

B. M. 159 v.

DU TEMPS EN TANT QUE QUANTITÉ CONTINUE

Bien que le temps soit rangé parmi les quantités continues, du fait qu'il est invisible et immatériel, il ne tombe pas intégralement sous la puissance géométrique qui le divise en figures et corps d'une infinie variété, comme on le voit constamment des choses visibles et corporelles ; mais il s'accorde avec elles simplement sous le rapport de ses premiers principes, à savoir le point et la ligne. Le point, si on lui applique les termes réservés au temps, se doit comparer à l'instant, et la ligne à la longueur d'une grande durée de temps. Et tout comme les points constituent le commencement et la fin de ladite ligne, ainsi les instants forment le principe et le terme d'une certaine portion de temps donné. Et si une ligne est divisible à l'infini, il n'est pas impossible qu'une portion de temps le soit aussi. Et si les parties divisées de la ligne peuvent offrir une certaine proportion entre elles, il en est de même pour les parties de temps.

B. M. 173 v. et 190 v.

Étant donné une cause, la nature produit l'effet par la voie la plus brève.

B. M. 174 v.

Écris sur la nature du temps, distincte de sa géométrie.

B. M. 176 r.

DISCOURS

La chaleur et le froid dérivent de la proximité et de l'éloignement du soleil.

La chaleur et le froid engendrent le mouvement des éléments.

Aucun élément n'a en soi de gravité ou de légèreté.

Gravité et légèreté sans accroissement naissent du mouvement d'un élément en soi, au cours de sa raréfaction et de sa condensation ; comme nous le constatons dans l'atmosphère, quand des nuages se forment, par l'humidité qui se diffuse à travers elle.

La gravité et la légèreté, quand elles augmentent, passent, en suivant une ligne perpendiculaire, d'un élément à un autre. Et ces phénomènes imprévus ont d'autant plus de puissance qu'ils ont plus de vie, et d'autant plus de vie qu'ils ont plus de mouvement.

Le mouvement naît de ce que le rare ne peut ni résister au dense ni le soutenir au-dessus de lui.

La légèreté naît de la pesanteur, et réciproquement ; payant aussitôt la faveur de leur création, elles grandissent en force dans la proportion où elles ont d'autant plus de vie qu'elles ont plus de mouvement. Elles se détruisent aussi l'une l'autre au même instant, dans la commune vendetta de leur mort.

Car la preuve est ainsi faite : la légèreté n'est créée que si elle est en conjonction avec la pesanteur, et la pesanteur ne se produit que si elle se prolonge dans la légèreté. Mais la légèreté n'a pas d'existence si elle n'est pas au-dessous de la pesanteur, et la pesanteur n'est rien à moins qu'elle ne soit au-dessus de la légèreté. Et il en est ainsi des éléments. Si par exemple une certaine quantité d'air se trouve sous l'eau, il s'ensuit que l'eau acquiert immédiatement de la pesanteur ; non qu'elle soit devenue différente de son état primitif, mais parce qu'elle ne rencontre plus la somme de résistance requise ; et pour ce motif, elle descend dans la place occupée par l'air qui était au-dessous d'elle, et l'air remplit le vide qu'a laissé la pesanteur ainsi créée.

B. M. 204 r.

Toute quantité continue est divisible à l'infini ; en conséquence, la division de cette quantité n'aboutira jamais à un point donné comme l'extrémité de la ligne. Il s'ensuit que la largeur et la profondeur de la ligne naturelle sont divisibles à l'infini.

On demande si tous les infinis sont égaux ou s'il en est de plus ou moins grands. La réponse est que tout infini est éternel et les choses éternelles ont une permanence égale mais non une égale durée d'existence. Car ce qui a fonctionné tout d'abord a commencé à se diviser et a vécu une existence plus longue, mais les périodes à venir sont égales.

B. M. 204 v.

Nul élément, s'il ne se meut, n'a en soi gravité ou légèreté. La terre en contact avec l'eau et avec l'air n'a en soi aucune gravité ou légèreté. Elle n'a aucunement conscience de l'eau ou de l'air qui l'entourent, à moins de quelque accident né de leur mouvement. Et les feuilles des plantes nous l'enseignent, qui poussent sur la terre quand elle est en contact avec l'eau ou l'air, car elles ne s'inclinent que par le mouvement de l'air ou de l'eau.

Nous déduirons de ce qui précède que la pesanteur est un incident que crée le mouvement des éléments inférieurs dans les éléments placés au-dessus.

La légèreté est un incident qui se produit quand l'élément le moins dense est attiré au-dessus du plus dense lequel alors se meut, étant incapable de résister, et acquiert du poids ; phénomène que l'on constate dès que l'élément n'a plus de pouvoir de résistance ; et cette résistance étant vaincue par le poids, il ne change pas sans que sa substance se modifie ; et, en changeant, il prend le nom de légèreté.

La légèreté ne se produit que conjointement avec la pesanteur, et la pesanteur avec la légèreté. Ceci peut être provoqué : en effet, insuffle de l'air sous l'eau au moyen d'un tuyau ; et cet air acquerra de la légèreté parce qu'il est sous l'eau, et l'eau acquerra de la pesanteur, parce qu'elle a au-dessous d'elle l'air, corps moins dense et plus léger.

Voilà pourquoi la légèreté naît du poids et le poids de la légèreté, et ils se donnent naissance réciproquement et simultanément, payant ainsi la faveur de leur existence, et dans le même instant ils se détruisent l'un l'autre, comme pour venger leur mort.

Légèreté et pesanteur sont causées par le mouvement immédiat.

Le mouvement est créé par la chaleur et le froid.

Le mouvement est un incident créé par l'inégalité du poids et de la force.

L'atmosphère n'a pas un emplacement qui lui soit naturel, elle se referme toujours sur tout corps plus épais qu'elle, jamais sur le plus léger quand il est en contact avec elle, sauf par violence.

Le mouvement des éléments naît du soleil.

La chaleur de l'univers est produite par le soleil.

La lumière et la chaleur de l'univers proviennent du soleil, et son froid et son obscurité du retrait du soleil.

Tout mouvement des éléments dérive de la chaleur et du froid.

Pesanteur et légèreté sont créées dans les éléments.

B. M. 205 r.

La terre est en contact avec l'eau et l'air et tire autant de poids de l'eau que de l'air ; et ceci n'est rien à moins qu'ils ne soient en mouvement.

Les feuilles des plantes nées au fond de l'eau qui s'étale sur les prairies nous l'enseignent, et aussi le fait que les plantes nées dans les lits des rivières ne se courbent pas : il est manifeste que le poids de l'air et de l'eau ne pèse pas sur la terre.

B. M. 266 v.

EXEMPLES DU CENTRE DU MONDE

Suppose que la terre soit attirée à la place où est la lune, ainsi que l'eau, et que l'élément de l'air comble à lui seul le vide qu'a laissé dans l'air la terre en se détachant et que de l'air tombe un vase rempli d'air ; il est certain que ce vase, après les nombreuses oscillations provoquées par la chute et le rebond, finira par s'arrêter au centre des éléments. Et le centre des éléments demeurera dans l'air (qui est) à l'intérieur du vase et il ne touchera pas le vase. Suppose donc que la terre soit vide et creuse comme une balle pleine de vent; tu peux être certain que ce centre n'est pas dans la terre, mais dans l'air que la terre revêt.

B. M. 267 r.

Pourquoi l'œil voit-il une chose plus nettement en rêve, que l'imagination à l'état de veille?

B. M. 278 v.

La sagesse est fille de l'expérience, laquelle expérience...

Forster III 14 r.

Cet homme excelle dans la folie car il se prive continuellement afin d'être à l'abri du besoin; et sa vie s'écoule, cependant qu'il attend sans cesse le moment de jouir de la richesse qu'il a acquise par un labeur acharné.

Forster III 17 v.

Ici la nature semble, chez beaucoup et pour beaucoup d'animaux, avoir été plutôt une cruelle marâtre qu'une mère, et, pour quelques-uns, non point marâtre, mais une mère pleine de compassion.

Forster III 20 v.

Je t'obéis, ô Seigneur, d'abord à cause de
l'amour que je te dois raisonnablement porter;
et secondement, parce que tu sais abréger ou
prolonger la vie des hommes.

Forster III 29 r.

Fuis l'étude qui donne naissance à une œuvre
appelée à mourir en même temps que son
ouvrier.

Forster III 55 r.

Vois, nombreux sont ceux qui pourraient s'intituler de simples canaux pour la nourriture, des
producteurs de fumier, des remplisseurs de
latrines, car ils n'ont point d'autre emploi en
ce monde; ils ne mettent en pratique aucune
vertu; rien ne reste d'eux que des latrines
pleines.

Forster III 74 v.

Et toi, homme, qui grâce à mes travaux,
contemples les œuvres merveilleuses de la nature, si tu estimes que l'acte de les détruire est
atroce, réfléchis qu'il est infiniment plus atroce
d'anéantir une vie humaine. Tu devrais songer
que ce conglomérat qui te semble d'une subti-
lité merveilleuse n'est rien comparé à l'âme qui
habite cette construction, et en vérité, quoi que

celle-ci puisse être, c'est une cause divine qui lui permet de loger ainsi dans son ouvrage, à sa guise ; et elle ne veut pas que ta rage ou ta malignité détruise une telle vie, car qui ne lui accorde pas de prix ne la mérite vraiment pas.

En effet, nous nous séparons de notre corps avec une répugnance extrême, et je crois que ses pleurs et sa douleur ne sont pas sans cause.

Feuillets A 2 r.

L'idée ou la faculté d'imaginer est à la fois gouvernail et frein des sens, dans la mesure où la chose imaginée émeut le sang.

Pré-imaginer, c'est imaginer les choses à venir.

Post-imaginer, c'est imaginer les choses passées.

Feuillets B 2 v.

(Des besoins nouveaux.)

Ne te promets ni ne fais aucune chose dont la privation entraînerait pour toi une souffrance matérielle.

Feuillets B 21 v

DE LA NÉCROMANCIE

Le plus stupide des discours humains, et qui doit être tenu pour tel, est celui qui affirme sa cré-

dulité dans la nécromancie, sœur de l'alchimie
génératrice de choses simples et naturelles ; mais
la nécromancie est beaucoup plus répréhensible
que l'alchimie, parce qu'elle n'accouche jamais
de rien, hormis d'une chose pareille à elle-même,
à savoir le mensonge ; et ce n'est point le cas pour
l'alchimie, qui administre les simples produits de
la nature, mais dont la fonction ne peut être remplie par la nature elle-même, parce qu'elle ne
possède pas d'instruments organiques avec lesquels elle puisse faire le travail que l'homme exé-
cute avec ses mains, et grâce auxquels il a
fabriqué le verre, etc. Mais cette nécromancie,
étendard ou bannière claquant au vent, guide
une folle multitude, qui sans cesse atteste par ses
clameurs les effets illimités d'un tel art. Ils ont
rempli des livres entiers pour affirmer les magies,
et que les esprits peuvent opérer et parler sans
langue et sans les instruments organiques indis-
pensables au langage, — qu'ils peuvent soulever
des poids écrasants, produire la tempête et la
pluie, et que les hommes se changent en chats,
loups et autres bêtes, bien que ceux-là deviennent
bêtes les premiers, qui affirment pareilles choses.

Sans nul doute, si la nécromancie existait
comme le croient ces bas esprits, rien sur terre

ne l'égalerait pour le service de l'homme ou pour sa perdition, s'il était vrai que cet art a la puissance de troubler la tranquille sérénité de l'air et de lui donner l'aspect nocturne, dc déchaîner des coruscations et tempêtes avec coups de tonnerre effroyables et fulguration d'éclairs dans les ténèbres et, au moyen d'ouragans, d'abattre les édifices et déraciner les forêts, frapper les armées, les disperser et les terrasser et, en outre, fomenter les tempêtes dévastatrices qui privent les cultivateurs du fruit de leurs fatigues. Oh ! quelle méthode de guerre pourrait infliger à l'ennemi un dommage aussi considérable que celle qui a la puissance de le frustrer de ses récoltes ? Quelle bataille navale est comparable à celle où l'on commande aux vents et qui crée des tempêtes destructrices capables d'anéantir et d'engloutir une flotte ? En vérité, celui-là qui gouverne des forces aussi irrésistibles sera seigneur des peuples et aucun art humain ne pourra résister à sa puissance implacable. Les trésors cachés, les gemmes enfouies dans le sein de la terre lui seront révélés ; nulle serrure, nulle forteresse, si imprenable soit-elle, ne prévaudra contre la volonté d'un tel nécromant. Il se fera porter à travers les airs, d'Orient en Occident, et jusqu'aux points les plus opposés de l'univers. Mais pourquoi m'étendre davantage ? Quelle chose ne pourrait être réalisée par de tels artifices ? presque aucune, hormis la suppression de la mort.

Nous avons partiellement démontré les méfaits et l'utilité qui dérivent d'un tel art, si toutefois il est réel. Et s'il l'est, pourquoi n'est-il pas resté parmi les hommes qui le désirent tant, au mépris de toute déité ; le nombre est infini de ceux qui pour satisfaire un appétit aboliraient Dieu et l'univers entier ?

Si donc la magie n'est jamais restée parmi les hommes tout en leur étant si nécessaire, c'est qu'elle n'a jamais existé et n'existera jamais, selon la définition de l'esprit, lequel est invisible et immatériel ; en effet dans les éléments il n'entre point de chose immatérielle, car où il n'y a pas de corps il y a vide, et le vide n'existe pas dans les éléments, parce qu'il serait aussitôt comblé par eux.

Feuillets B 31

Par conséquent, ô vous, étudiants, étudiez les mathématiques et n'édifiez point sans fondations.

Quaderni, 17 r.

Les choses mentales qui n'ont pas passé par la compréhension sont vaines et ne donnent naissance à aucune vérité qui ne soit nuisible. Et parce que semblables discours dérivent de l'indigence de l'intellect, ceux qui les tiennent sont toujours pauvres, et s'ils sont nés riches, ils mourront pauvres dans leur vieillesse. Car la nature, semble-t-il, se venge de ceux qui voudraient faire des miracles, et ils finissent par avoir moins que les autres hommes plus tranquilles. Et ceux-là qui aspirent à s'enrichir en un jour vivront un long temps dans une grande pauvreté, comme il advient et adviendra éternellement aux alchimistes, à ceux qui prétendent créer l'or et l'argent, et aux ingénieurs qui veulent que l'eau morte s'anime d'elle-même en un mouvement perpétuel, et à ces souverains sots, le nécromant et l'incantateur.

Quaderni I 13 v.

(La certitude des Mathématiques.)

Qui méconnaît la suprême certitude des mathématiques se repaît de confusion et ne réduira jamais au silence les contradictions des sciences sophistiques, qui font un bruit perpétuel.

Les abréviateurs d'œuvres font injure à la connaissance et à l'amour, car l'amour de quoi que ce soit est issu de la connaissance et (il est) d'autant plus fervent qu'elle est plus certaine ; et cette certitude naît d'une connaissance approfondie de toutes les parties qui, réunies, forment (l'ensemble de) cette chose digne d'amour.

Que vaut, je te prie, celui qui aux fins d'abréger les choses sur lesquelles il prétend renseigner intégralement, supprime la plus grande partie de ce qui compose le tout ?

Il est vrai que l'impatience mère de la sottise, loue la brièveté ; comme si ces gens n'avaient pas une durée de vie suffisante pour acquérir la connaissance complète d'un objet unique, tel le corps humain. Et ensuite, ils veulent embrasser l'intelligence divine dans laquelle l'univers est inclus, et la pèsent et la dissèquent comme pour une expérience anatomique. Ô stupidité humaine ! Ne t'aperçois-tu pas que tu as vécu toute ta vie avec toi-même, et pourtant tu ne t'avises pas de ce que tu as de plus évident, à savoir ta folie ? Et ensuite, avec la foule des sophistes, tu veux te tromper et tromper les autres, méprisant les sciences mathématiques qui renferment la vérité sur les matières qu'elles contiennent; et après tu veux passer au miracle, et écrire que tu as sur ces matières des connaissances que l'esprit humain n'est pas capable de posséder, et qui ne se peuvent démontrer par aucun exemple naturel. Tu crois avoir opéré un miracle quand tu as abîmé l'œuvre d'un esprit spéculatif; et tu ne t'aperçois pas que tu tombes dans l'erreur de celui qui dépouille la plante de sa parure de branches couvertes de feuilles, mêlées à des fleurs odoriférantes et à des fruits. Ainsi fit Justin, épitomateur des histoires de Trogue Pompée, lequel avait écrit les hauts faits des ancêtres, qui se prêtaient à d'admirables fioritures; il composa une œuvre nue et n'offrant d'intérêt qu'à ces esprits impatients qui croient perdre leur temps quand ils l'emploient utilement à l'étude des œuvres de la nature et des choses humaines.

Laisse ceux-là en compagnie des bêtes et qu'ils aient pour courtisans les chiens et autres animaux voraces, et leur tiennent compagnie; toujours courant après ce qui fuit devant eux, ils font cortège aux animaux inoffensifs qu'à la saison des grandes neiges la faim amène aux portes de tes maisons pour quémander une aumône comme à leur tuteur.

Si, comme tu le prétends, tu es le roi des animaux (tu ferais mieux de t'intituler le roi des bêtes, étant la plus grande de toutes!), pourquoi ne leur viens-tu pas en aide, de façon qu'elles te donnent leurs petits, afin de satisfaire ton palais, pour l'amour duquel tu as cherché à faire de toi la sépulture de tous les animaux? Je pourrais en dire plus long s'il m'était permis de proclamer toute la vérité.

Mais ne quittons point ce sujet sans mentionner une suprême forme de malignité qui n'existe guère parmi les animaux dont aucun ne dévore ses congénères — sauf par défaut de raison, car il en est d'insanes chez eux comme chez les humains, bien qu'en nombre plus restreint. Encore ceci n'arrive-t-il que chez les rapaces comme le lion, les léopards, panthères, lynx, chats et autres créatures similaires, qui parfois dévorent leurs petits. Mais toi, non seulement tu manges leurs petits, mais tu manges, père, mère, frères et amis; cela même ne te suffisant pas, tu fais des expéditions dans des îles lointaines et captures des hommes de différentes races et après les avoir ignominieusement mutilés, tu les engraisses et les ingurgites. La nature ne produit-elle pas assez de choses

simples qui rassasient ? ou si tu ne t'en contentes
point, ne peux-tu, en les mélangeant, obtenir
une infinie variété de mets composés comme
l'ont écrit Platine et d'autres auteurs qui ont
traité de la gastronomie ?

Et si quelqu'un est vertueux et bon, ne le
chasse pas, fais-lui honneur afin qu'il ne te fuie
pas et ne se réfugie pas dans des ermitages, des
cavernes et autres lieux solitaires pour échapper
à tes embûches ; et si tu en rencontres un,
révère-le, car ceux-là étant comme des dieux sur
cette terre, méritent des statues, des simulacres
et des honneurs. Mais je voudrais bien te per-
suader que tu ne dois pas manger leurs images,
comme c'est le cas dans certaine région de
l'Inde où, quand les prêtres estiment que ces
images ont opéré des miracles, ils les coupent en
morceaux (car elles sont en bois) et les distri-
buent aux gens de la localité, non sans rétri-
bution.

Chacun d'eux alors râpe très fin sa portion et
en saupoudre le premier aliment qu'il mange ;
et ainsi ils considèrent que sous une forme sym-
bolique, ils ont mangé leur saint et croient qu'ils
les préservera de tout danger. Que te semble,
Homme, de ton espèce ? Es-tu aussi sage que tu

le prétends? Sont-ce là des actes dignes d'un homme, Justin?

Quaderni II 14 r.

Que nul ne me lise dans mes principes qui n'est pas mathématicien.

Quaderni IV 14 v.

La nature tend à accomplir tout acte par la voie la plus brève.

Quaderni IV 16 r.

Toi, ô mon Dieu, tu nous vends toutes les bonnes choses, au prix de l'effort.

Quaderni V 24 r.

JOHANNÈS ANTONIUS
DI JOHANNÈS AMBROSIUS DE BOLATE

Celui-là qui laisse s'écouler le temps sans grandir en vertu, plus on pense à lui, plus on s'afflige.

Nul homme n'est capable de vertu, qui sacrifie l'honneur au gain. La fortune est impuissante à aider qui ne s'évertue pas lui-même. L'homme devient heureux qui suit le Christ.

Point de don parfait sans grande souffrance. Nos triomphes et nos pompes passent; la gloutonnerie, la paresse et le luxe énervant ont banni la vertu du monde; en sorte que notre nature se dérègle et se soumet à l'habitude. À présent et désormais il convient que tu te guérisses de ta paresse. Le Maître a dit[1] qu'être sur le duvet ou étendu sous les courtepointes ne te mènera point à la renommée.

Celui qui, sans elle, a gaspillé sa vie, ne laisse pas plus de traces sur terre que la fumée dans l'air ou l'écume sur l'eau.

Windsor, Dessins 12349 v.

Rien ne naît là où il n'existe ni fibre sensitive ni vie rationnelle. Les plumes poussent sur les oiseaux et se renouvellent tous les ans; le poil pousse sur les animaux, et change chaque année sauf en certaines parties, comme la moustache des lions, des chats, et créatures de même espèce. L'herbe croît dans les prés, les feuilles sur l'arbre, et chaque année elles se renouvellent en grande partie. Nous pouvons donc dire qu'un esprit d'accroissement anime la terre; sa chair est le sol; ses os sont les stratifications successives des rochers qui forment les montagnes;

---

1. La phrase qui commence par «Le Maître a dit» semble indiquer que ces préceptes de Léonard furent notés de la main d'un élève.

ses cartilages sont le tuf ; son sang, les eaux jaillis-
santes. Le lac de sang qui se trouve autour du
cœur est l'océan. Son souffle se traduit par l'élé-
vation et l'abaissement du sang dans le pouls,
comme pour la terre le flux et le reflux de la
mer. La chaleur vitale du monde est le feu, infus
par toute la terre et son esprit créateur réside
dans les feux qui sur divers points du globe
s'exhalent en sources thermales, en mines de
soufre et en volcans, comme le Mont Etna en
Sicile, et en plusieurs autres endroits.

Leic. 34 r.

Le mensonge est d'une abjection telle, que
dût-il célébrer les grandes œuvres de Dieu, il
serait une offense à sa divinité. La vérité est
d'une telle excellence que si elle loue la
moindre chose, celle-ci s'en trouve ennoblie.

La vérité est au mensonge ce qu'est la lumière
par rapport aux ténèbres ; et la vérité est, en soi,
d'une excellence telle que même quand elle
traite de matières humbles et terre à terre, elle
l'emporte incommensurablement sur les so-
phismes et les faussetés qui se répandent en
grands discours redondants ; car bien que notre
esprit ait fait du mensonge le cinquième élé-

ment, il n'en demeure pas moins que la vérité des choses est la pâture essentielle pour les intellects raffinés — mais non, il est vrai, pour les esprits qui errent.

Mais toi qui vis dans les songes, tu te complais davantage aux raisonnements spécieux et aux feintes dignes des joueurs de *palla*, pour peu qu'ils traitent de choses vastes et incertaines, qu'aux choses sûres et naturelles qui n'ont point d'aussi hautes visées.

Sul Volo 12 (11) r.

APHORISMES

« Le fer se rouille faute de s'en servir, l'eau stagnante perd sa pureté et se glace par le froid. De même l'inaction sape la vigueur de l'esprit. »

Quiconque dans une discussion invoque les auteurs, fait usage non de son intellect mais de sa mémoire.

La bonne littérature a pour auteurs des hommes doués de probité naturelle, et comme il convient de louer plutôt l'entreprise que le résultat, tu devrais accorder de plus grandes louanges à l'homme probe peu habile aux lettres qu'à un qui est habile aux lettres mais dénué de probité.

C. A. 76 r. a

De même que le courage met la vie en péril, la crainte la préserve.

La menace ne sert d'arme qu'aux menacés.

Qui marche droit tombe rarement.

Tu fais mal si tu loues ce que tu ne comprends pas bien, et pis encore si tu le blâmes.

C. A. 76 v. a

Concevoir est l'œuvre du maître, exécuter, l'acte du serviteur.

Qui possède plus de biens, doit avoir plus grande peur de les perdre.

C. A. 109 v. a

Le désir de savoir est naturel aux bons.

C. A. 119 v. a

Aristote dit que chaque chose doit conserver sa nature propre.

C. A. 123 r. a

Un corps en mouvement acquiert dans l'espace autant de place qu'il en perd.

C. A. 152 v. a

Qui ne chemine pas toujours dans la peur, subit mainte injure et souvent se repent.

C. A. 170 r. b

L'acquisition d'une connaissance, quelle qu'elle soit, est toujours profitable à l'intellect, parce qu'elle lui permet de bannir l'inutile et de conserver le bon. Car on ne saurait rien aimer ou haïr qui ne soit d'abord connu.

C. A. 226 v. b

L'inégalité est la cause de tout mouvement local. Il n'est point de repos sans égalité.

C. A. 288 v. a

Les mots gèlent dans ta bouche et tu ferais de la gelée jusque sur le mont Etna.

C. A. 282 v. c

Le fer se rouille faute de s'en servir, l'eau stagnante perd sa pureté et se glace par le froid. De même, l'inaction sape la vigueur de l'esprit.

C. A. 289 v. c

Heureux le domaine qui est sous l'œil de son maître.

L'amour triomphe de tout.

L'expérience prouve que celui qui n'a jamais confiance en personne ne sera jamais déçu.

C. A. 344 r. b

Les instruments des voleurs sont semence de blasphèmes humains contre les dieux.

C. A. 358 v. a

ANAXAGORE

Toute chose naît de toute chose, et toute chose se fait de toute chose, et toute chose redevient toute chose parce que tout ce qui existe dans les éléments est composé de ces éléments.

C. A. 385 v. c

Sauvage est qui se sauve.

Tr. 1 a

La sottise est le bouclier de la honte comme l'importunité celui de la pauvreté.

Tr. 52 a

(Croquis.)

Ici la vérité a fait que le mensonge affecte les langues menteuses.

F. couverture 2 r.

La mémoire des bienfaits est fragile au regard de l'ingratitude.

Reprends un ami en secret, mais loue-le devant autrui.

Qui chemine dans la crainte des dangers ne sera point leur victime.

Ne mens pas sur le passé.

H 16 v.

Rien n'est plus à craindre qu'une fâcheuse réputation.

La fatigue fuit, emportant dans ses bras la renommée presque cachée.

H 17 v.

Luxure est cause de génération.

L'appétit est le soutien de la vie.

Crainte, ou timidité, prolonge la vie.

Le dol préserve l'instrument.

H 32 r.

La modération refrène tous les vices.

L'hermine préfère la mort à la souillure.

De la prévoyance.

Le coq ne chante pas qu'il n'ait battu trois fois des ailes. Le perroquet, en passant de branche en branche, ne pose jamais la patte où il n'a d'abord mis le bec.

Le vœu naît quand meurt l'espoir.

Le mouvement tend vers le centre de gravité.

H 48 v.

(Avec des dessins.)

Supprimer la douleur,

Mieux connaître la direction des vents,

D'une petite cause, naît une grande ruine.

H 100 (43 v.) r.

À l'épreuve nous reconnaissons l'or pur.

Tel moule, tel moulage.

H 100 (43 r.) v.

Le mur croule sur qui le sape.

L'arbre se vengera de qui le coupe en tombant sur lui.

Évite la mort au traître ; d'autres châtiments s'il les subit ne lui conféreront pas une distinction.

H 118 (25 v.) r.

Prends conseil de qui se gouverne bien.

La justice requiert de la puissance, de l'intelligence et de la volonté ; elle ressemble à la reine des abeilles.

Qui néglige de punir le mal, le sanctionne.

Qui prend le serpent par la queue est ensuite mordu par lui.

La fosse s'écroulera sur qui la creuse.

H 118 (25 r.) v.

Qui ne refrène pas la volupté s'égale aux bêtes.

Point de seigneurie plus grande ou moindre que sur soi-même.

Qui pense peu erre beaucoup.

La résistance est plus facile au début qu'à la fin.

Nul conseil n'est plus loyal que celui qui se donne sur un navire en péril.

Que celui-là s'attende au désastre qui règle sa conduite sur les conseils d'un jouvenceau.

H 119 (24 r.) v.

Pense bien à la fin, considère en premier lieu la fin.

H 139 (4 r.) v.

(*La peur.*)

La peur naît à la vie plus vite que toute autre chose.

L 90 v.

Qui nuit aux autres ne se préserve pas soi-même.

M. 4 v.

Cite à ton maître l'exemple du capitaine : ce n'est pas lui qui remporte la victoire, mais les soldats, grâce à ses conseils, et cependant, il mérite la récompense.

Forster II 15 v.

L'erreur est aussi grande de bien parler d'un homme indigne que de mal parler d'un homme vertueux.

Forster II 41 v.

Nécessité est maîtresse et tutrice de la nature.

Nécessité est le thème et l'artificier de la nature — le frein, la loi et le thème.

Forster III, 43 v.

Pauvre élève qui ne surpasse point son maître.

Forster III 66 v.

Esquisse — tête de vieille femme.

Belle chose mortelle passe et ne dure point.

Forster III 72 r.

La poussière cause des dégâts.

Quaderni III 10 v.

Le grave ne peut être créé sans être joint au léger, et ils se détruisent l'un l'autre.

Quaderni III 12 r.

(Études d'emblèmes avec devises.)

Les obstacles ne peuvent me ployer.

Tout obstacle cède à l'effort.

Ne pas quitter le sillon.

Qui règle sa course sur une étoile, ne change pas.

Windsor, Dessins 12284 r.

(Dessins, également avec devises.)

Effort persistant.

Effort prédéterminé.

Qui règle sa course sur cette étoile n'en est pas détourné.

Windsor, Dessins 12701

Puissé-je être privé de la faculté d'agir, avant de me lasser d'être utile.

Le mouvement me fera défaut plutôt que l'utilité.

La mort plutôt que la lassitude.

Je ne me lasse point de bien faire, est une devise de carnaval.

Sans fatigue.

Nul labeur ne parvient à me fatiguer.

Les mains dans lesquelles tombent, comme la neige, ducats et pierres précieuses, celles-là ne se fatiguent jamais de servir, mais ce service n'est rendu que parce qu'il est profitable et non pour notre propre avantage.

Je ne me lasse jamais d'être utile.

La nature m'a naturellement disposé ainsi.

Windsor, Dessins 12700 r.

Qui souhaite s'enrichir en un jour est pendu dans un an.

Windsor, Dessins 12351 r.

PROPHÉTIES

« On verra sur terre des créatures qui sans répit se combattront, avec grandes pertes et morts fréquentes de part et d'autre. Elles n'assigneront pas de limites à leur malice. Ô Terre! que tardes-tu à t'ouvrir pour les précipiter dans les cravasses profondes de tes abîmes et de tes cavernes, et pour ne plus montrer à la face des cieux un monstre aussi cruel, féroce et implacable ? »

Habitude courante.

On flattera un misérable, et ces mêmes flatteurs toujours le tromperont, le voleront et l'assassineront.

Percussion du disque solaire.

Une chose apparaîtra qui recouvrira la personne qui cherche à la couvrir.

De l'argent et de l'or.

Du creux des cavernes sortira la chose qui fera que tous les peuples du monde travailleront, peineront et sueront, avec grande agitation, anxiété et effort, pour obtenir son aide.

Crainte de la pauvreté.

La chose maléfique et effrayante frappera les hommes d'une terreur telle que croyant lui échapper, comme des déments ils se précipiteront sur ses forces démesurées.

Du conseil.

Celui-là qui sera le plus nécessaire restera inconnu, ou s'il est connu, méconnu.

C. A. 37 v. c

Les serpents emportés par les cygognes.

On verra dans l'air, à une extrême hauteur, des serpents de grande taille combattre des oiseaux.

De la bombarde qui sort d'un fossé et d'un moule.

Il sortira de dessous terre une chose qui, par son vacarme effroyable, étourdira tous ceux d'alentour ; et son souffle fera mourir les hommes et détruira cités et châteaux.

C. A. 129 v. a

Des chrétiens.

Nombreux sont ceux qui professent la foi du Fils et se bornent à édifier des temples au nom de la Mère.

Des aliments qui furent vivants.

Une grande partie des corps qui furent animés passera dans les corps des autres animaux, c'est-à-dire que les maisons déshabitées traverseront petit à petit celles qui sont habitées, pourvoyant à leurs besoins et entraînant avec elles leurs déchets. La vie de l'homme est faite par les choses qu'il mange et celles-ci emportent avec elles la partie de l'homme qui est morte.

Des hommes qui dorment sur des planches faites avec les arbres.

Les hommes dormiront, mangeront et logeront parmi les arbres nés dans les forêts et dans les champs.

Du rêve.

Les hommes croiront voir de nouvelles ruines au ciel ; et les flammes qui en descendent sembleront s'envoler, épouvantées. Ils entendront les animaux de toute espèce parler le langage humain ; en un instant, ils courront, sans se mouvoir, vers diverses parties du monde ; ils verront dans les ténèbres les plus grandes splendeurs. Ô merveille de l'espèce humaine ! quelle frénésie t'a ainsi poussée ? Tu converseras avec les animaux de toute espèce, et eux avec toi, en langage humain. Tu te verras tomber de grandes hauteurs, sans te faire de mal ; les torrents t'entraîneront en se mêlant dans leur course rapide.

Des fourmis.

Des peuplades nombreuses se verront avec leurs enfants et leurs victuailles au fond d'obscures cavernes ; là, dans les ténèbres, elles se nourriront, elles et leurs familles, des mois durant, sans aucune lumière artificielle ou naturelle.

Des abeilles.

Et à beaucoup d'autres, leurs provisions et leur nourriture seront ravies, et des insensés les jetteront cruellement à l'eau et les noieront. Ô Justice divine ! Pourquoi ne t'éveilles-tu pas pour voir tes créatures ainsi maltraitées ?

Des moutons, vaches, chèvres et autres semblables.

À d'innombrables parmi eux, on volera leurs petits, qui auront la gorge tranchée et seront dépecés de la façon la plus barbare.

Des noix, olives, glands, châtaignes et autres similaires.

Beaucoup d'enfants seront arrachés des bras de leur mère, avec coups impitoyables, et jetés à terre puis mutilés.

Des enfants au maillot.

Ô cités de la mer, je vois chez vous vos citoyens, hommes et femmes, les bras et les jambes étroitement ligotés dans de solides liens par des gens qui n'entendront point votre langage, et vous ne pourrez exhaler qu'entre vous, par des plaintes larmoyantes, des lamentations et des soupirs, vos douleurs et vos regrets de la liberté perdue, car ceux-là qui vous ligotent ne comprendront pas votre langue, non plus que vous ne les comprendrez.

Des chats qui mangent les rats.

Chez vous, ô cités d'Afrique ! vos propres fils seront mis en pièces dans leur propre demeure, par les plus cruels et féroces animaux de votre pays.

Des ânes qui reçoivent la bastonnade.

Négligeante nature, pourquoi es-tu si partiale, — mère tendre et bénigne pour quelques-uns de tes enfants, marâtre cruelle et implacable pour d'autres ? Je vois tes fils livrés en esclavage sans profit aucun et au lieu d'une récompense pour les offices rendus, ils reçoivent en salaire les plus sévères châtiments, et toute leur vie se passe au service de l'oppresseur.

Division des Prophéties.

Traite d'abord des animaux raisonnables; secondement, de ceux qui n'ont pas la faculté de raison; troisièmement, des plantes; quatrièmement, des cérémonies; cinquièmement, des coutumes; sixièmement, des propositions, décrets ou discussions; septièmement, des propositions contraires à l'ordre naturel (comme de parler d'une matière qui augmente d'autant plus qu'on en ôte). Réserve pour la fin les propositions de poids, en commençant par les moins importantes et montre d'abord les maux, puis les châtiments; huitièmement, les choses philosophiques.

C. A. 145 r. a

Des rites funèbres et processions, lumières, cloches et cortèges.

Très grands honneurs et pompes seront rendus aux hommes et ils ne le sauront pas.

C. A. 145 v. a

Tous les astrologues seront châtrés, c'est-à-dire les jeunes coqs.

C. A. 367 v. b

Conjecture.

Ordonne les mois et la célébration des céré-monies, et fais cela pour le jour et pour la nuit.

Des moissonneurs.

Nombreux seront ceux qui se dresseront l'un contre l'autre en tenant en leurs mains le fer tranchant, acéré. Il n'en résultera pour eux d'autre mal que celui que cause la fatigue, car lorsque l'un se penche en avant, l'autre recule d'autant, mais malheur à qui se placerait entre eux, car il serait mis en pièces.

Filature de la soie.

On entendra des cris lugubres et de hautes clameurs, les voix hautes et irritées de ceux qui sont torturés et dépouillés et enfin laissés nus et sans mouvement, et ce sera à cause de la puis-sance motrice qui actionne le tout.

Le pain mis dans la bouche des fours puis retiré.

Dans toutes les villes et les pays, châteaux, vil-lages et maisons, l'on verra des hommes qui, par désir de manger, s'ôteront les uns aux autres la nourriture de la bouche, sans pouvoir opposer de résistance.

De la terre labourée.

La terre retournée en tous sens regardera les hémisphères opposés et découvrira les cavernes où sont tapis les plus féroces animaux.

Semailles.

Alors, une grande partie des hommes restés vivants jetteront hors de leurs habitations leurs provisions de victuailles en libre pâture aux oiseaux et aux bêtes des champs, sans en prendre souci.

Des pluies qui troublent les fleuves et emportent la terre.

Du ciel viendra ce qui charriera vers l'Europe une grande partie de l'Afrique qui s'étend au-dessous de ce ciel, et une partie de l'Europe vers l'Afrique ; et celles des provinces se mélangeront en une grande révolution.

Des fours à briques et des fours à chaux.

Après avoir été exposées au feu durant plusieurs jours, la terre finira par devenir rouge et les pierres se changeront en cendres.

Du bois brûlé.

Les arbres et les buissons des vastes forêts seront changés en cendre.

Du poisson bouilli.

Les créatures aquatiques mourront dans l'eau brûlante.

Les olives qui tombent des oliviers nous donnent l'huile dispensatrice de lumière.

Du ciel descendra avec furie ce qui nous donnera nourriture et lumière.

Des chouettes avec lesquelles on prend les oiseaux à la glu.

Beaucoup périront en se fracassant le crâne, et les yeux leur sortiront presque de la tête, à cause de créatures terrifiantes jaillies des ténèbres.

Du lin qui sert à la fabrication du papier.

Ceux-là seront révérés et honorés, et leurs préceptes écoutés avec révérence et amour, qui au début furent dédaignés et torturés par battages divers.

Des livres qui inculquent les préceptes.

Des corps sans âme nous fournissent, par leurs sentences, les préceptes qui nous aideront à bien mourir.

De ceux qui sont battus et flagellés.

Des hommes se cacheront au creux des arbres et, avec de grands cris, se martyriseront en frappant leurs propres membres.

Du libertinage.

Et comme des fous ils courront après les choses les plus belles, les plus recherchées, pour les posséder et faire usage de leurs parties les plus viles ; après quoi, rendus à la raison avec perte et pénitence, ils ressentiront pour eux-mêmes une grande admiration.

Des avares.

Nombreux sont ceux qui, avec grand zèle et sollicitude poursuivent furieusement ce qui toujours les remplit de frayeur, sans connaître sa nature maléfique.

Des hommes qui deviennent plus ladres en vieillissant, alors qu'ayant moins de temps à passer ici-bas, ils devraient se montrer plus généreux.

Tu verras que ceux que l'on considère comme ayant le plus d'expérience et de jugement, moins ils ont de besoins, et plus ils recherchent de choses et amassent avec avidité.

D'un fossé, (tu citeras ceci comme exemple de frénésie ou de démence ou de dérangement du cerveau).

Beaucoup s'emploieront à retrancher de cette chose qui grandit d'autant plus qu'on la réduit.

Des poids placés sur un oreiller de plume.

Et pour beaucoup de corps il y aura ceci, qu'à mesure que tu soulèves la tête au-dessus d'eux, ils grandissent notablement et quand ta tête levée se pose de nouveau, leur dimension aussitôt diminue.

De la chasse aux poux.

À de nombreux chasseurs d'animaux, il en restera d'autant moins qu'ils en auront davantage pris, et inversement ils en auront d'autant plus qu'ils en ont attrapé moins.

Eau tirée avec deux seaux suspendus à une corde unique.

Beaucoup s'occuperont d'une chose et, plus ils la tirent en haut, plus elle cherche à fuir en sens contraire.

Des tamis faits avec les peaux d'animaux.

Nous verrons la nourriture des animaux traverser leur peau par toutes les voies, hormis la buccale, et sortir du côté opposé pour atteindre le sol.

Des lumières qu'on porte devant les morts.

On fera de la lumière pour les morts.

De la lanterne.

Les cornes sauvages des puissants taureaux protégeront la lumière employée la nuit de la fureur impétueuse du vent.

Des plumes dans la literie.

Des créatures volantes soutiendront de leurs plumes les hommes.

Des hommes qui passent au-dessus des arbres sur des échasses.

Les marais seront si vastes que les hommes passeront par-dessus les arbres de leur pays.

Des chaussures aux semelles de cuir.

En une grande partie du pays, on verra des hommes cheminer sur les peaux des grands animaux.

De la navigation à voile.

De grands vents feront que les choses orientales deviendront occidentales et celles du midi, en grande partie mêlées par les tours des vents, les suivront en pays lointains.

Du culte rendu aux images des saints.

Des hommes parleront à des hommes qui ne les entendront pas ; leurs yeux seront ouverts et ils ne verront pas, on leur parlera sans qu'ils répondent ; on implorera le pardon d'un qui a des oreilles et n'entend point ; on offrira des lumières à un aveugle et, avec de grandes clameurs, on invoquera le sourd.

Du rêve.

Des hommes marcheront sans se mouvoir, ils converseront avec les absents, ils entendront ceux qui ne parlent pas.

De l'ombre qui se meut avec l'homme.

Des formes et des figures d'hommes et d'animaux les poursuivront où qu'ils fuient et le mouvement de l'un sera analogue à celui de l'autre, mais semblera chose digne d'étonnement à cause des différents changements de leurs dimensions.

De l'ombre projetée par le soleil, et de son reflet dans l'eau vus en un seul et même temps.

On verra souvent un homme devenir triple, et tous trois avanceront ensemble, et souvent celui qui est le plus réel l'abandonnera.

Des coffres de bois qui contiennent beaucoup de trésors.

Dans des noyers et autres arbres et arbustes, de très grands trésors se trouveront qui s'y cachent.

Extinction des lumières en allant au lit.

Beaucoup en exhalant leur souffle trop vite perdront la vue, et bientôt, toute faculté de sentir.

Des sonnailles des mules près de leurs oreilles.

En maintes parties de l'Europe on entendra des instruments de grandeurs diverses qui formeront des harmonies variées causant grande lassitude à qui les entend de plus près.

Des ânes.

Beaucoup de travaux n'auront d'autre salaire que la faim, la soif, la misère, la bastonnade et l'aiguillon.

Des soldats à cheval.

On en verra beaucoup portés à toute allure, par de grands animaux, à la perte de leur vie et à une mort immédiate. Dans l'air et sur terre, des animaux de couleurs diverses porteront furieusement les hommes vers la destruction de leur vie.

Des étoiles sur les éperons.

Les étoiles feront se mouvoir les hommes aussi vite que l'animal le plus rapide.

D'un bâton, chose morte.

Les mouvements du mort feront fuir bien des vivants, avec douleur, pleurs et cris.

Du briquet.

Au moyen du silex et de choses en fer, sera rendu visible ce qui ne l'était pas.

Des bœufs qu'on mange.

Les maîtres des domaines mangeront leurs laboureurs.

Du battage du lit qu'on refait.

Les hommes arriveront à un tel degré d'ingratitude à l'égard de qui leur dispense un logement d'un prix inestimable, qu'ils l'accableront de coups, au point qu'une grande partie de l'intérieur se déplaçant, tournera et se retournera en lui.

Des choses qu'on mange après les avoir tuées.

À celles qui les nourrissent ils infligeront une mort barbare dans les tortures.

Des remparts des cités reflétés dans l'eau de leurs fossés.

Les hauts remparts de puissantes cités seront vus renversés dans leurs fossés.

De l'eau qui coule en courant trouble, mêlée de terre : de la poussière et la brume mêlées à l'air, et du feu qui confond sa chaleur avec chacun d'eux.

On verra tous les éléments confondus enfler, en une énorme masse, rouler, tantôt vers le centre de la terre, tantôt vers le ciel; parfois accourus avec furie des régions du midi vers le glacial septentrion, d'autres fois de l'orient à l'occident, et ainsi d'un hémisphère à l'autre.

On peut établir la division des deux hémisphères en n'importe lequel de leurs points.

Tous les hommes changeront soudain d'hémisphère.

Tout point forme une division entre l'orient et l'occident.

Tous les animaux se déplaceront de l'orient à l'occident, et de même du septentrion au midi.

Du mouvement des eaux qui portent du bois mort.

Des corps inanimés se mouvront tout seuls entraînant d'innombrables générations de morts, et mettront au pillage les possessions des vivants.

Des œufs qui, une fois mangés ne peuvent produire de poulets.

Ô qu'ils sont nombreux ceux qui jamais ne naîtront.

Des poissons qu'on mange avec leur laitance.

D'innombrables générations périront par la mort de ce qui est fécond.

Des animaux dont on tire le fromage.

Le lait sera retiré aux petits enfants.

Des pleurs versés le Vendredi-Saint.

Dans toutes les parties de l'Europe, de grandes nations se lamenteront sur la mort d'un seul.

Des manches de couteau en corne de bête.

Dans les cornes d'animaux on verra des fers acérés, qui ôteront la vie à beaucoup de leur espèce.

Dans la nuit toutes les couleurs seront confondues.

Il sera impossible de déterminer la différence des couleurs, tout étant devenu noir.

Des épées et des lances qui, par elles-mêmes, ne nuisent jamais à personne.

Celles-ci qui sont en soi douces et dénuées de malice, deviendront terribles et féroces à cause d'un fâcheux compagnonnage et ôteront la vie de maintes gens, avec grande cruauté ; et elles en occiraient bien davantage, n'était que ces gens sont eux-mêmes protégés par des corps également sans vie, issus des mines, — c'est-à-dire, des armures de fer.

Trébuchets et pièges.

Beaucoup de morts se mouvront avec furie, ils prendront et lieront les vivants, et les placeront devant leurs ennemis, pour leur perte et destruction.

Des métaux précieux.

De cavernes sombres et tristes sortira cette chose qui exposera l'humanité entière à de grands malheurs, à des périls et à la mort. À beaucoup qui la poursuivront, après bien des tribulations, elle accordera des jouissances ; mais quiconque ne lui rend pas hommage mourra dans le besoin et la misère. Elle sera l'instigatrice de crimes innombrables ; elle poussera et excitera des misérables à assassiner, à voler, à réduire en esclavage ; elle se méfiera de ses propres partisans ; elle privera de leur rang les villes libres et détruira jusqu'à la vie de plusieurs ; elle fera que les hommes se tourmenteront les uns les autres, avec toutes sortes de subterfuges, feintes et traîtrises.

Ô vil monstre ! Combien il serait préférable, pour les hommes, que tu retournes aux enfers ! À cause de lui, les vastes forêts seront dépouillées de leurs arbres ; pour lui, une infinité de créatures perdront la vie.

Du feu.

D'un tout petit commencement s'élèvera ce qui rapidement grandira ; il ne respectera nulle chose créée, mais tel sera son pouvoir qu'il lui permettra de modifier la condition naturelle de presque toute chose.

Des navires qui sombrent.

On verra de grands corps sans vie, porter, avec une vitesse furieuse, de nombreux hommes à la destruction de leur vie.

C. A. 370 r. a

Des lettres qu'on s'écrit de pays à pays.

Des hommes des contrées les plus lointaines se parleront et se répondront.

Des hémisphères qui sont infinis et divisés en une infi-
nité de lignes, en sorte que tout homme en a toujours
une entre les pieds.

Les hommes se parleront, se toucheront et
s'embrasseront, tout en étant dans des hémisphères différents, et ils comprendront leur langage réciproque.

Des prêtres qui officient.

Beaucoup, pour exercer leur profession revê-
tiront les plus riches vêtements, qui ressemble-
ront à des tabliers.

Des moines confesseurs.

Les malheureuses femmes révéleront de leur
propre gré, aux hommes, leur libertinage et
leurs actions honteuses les plus secrètes.

Des églises et habitations des moines.

Nombreux seront ceux qui abandonneront le
travail, l'effort, une vie indigente, pour aller
vivre au sein des richesses, dans des édifices
magnifiques, prétendant que c'est là un moyen
de se rendre agréables à Dieu.

De la vente du Paradis.

Une infinie multitude de gens trafiqueront,
publiquement et sans être inquiétés, des choses

les plus précieuses, bien que n'ayant pas reçu du
Seigneur licence pour ces choses qui jamais ne
furent à eux, non plus qu'en leur pouvoir; et la
justice humaine n'interviendra pas.

Des morts qu'on emporte pour les enterrer.

Des gens ingénus porteront des lumières pour
éclairer le voyage de ceux qui ont perdu la
faculté de voir. Ô sottise humaine! Ô folie du
genre humain! Ces deux vocables sont à l'ori-
gine de la chose.

De la dot des jeunes filles.

Alors que jadis la vigilance des parents non
plus que l'épaisseur des murs ne pouvaient
mettre les filles à l'abri de la luxure et de la violence des hommes, un temps viendra où il sera
nécessaire que les pères et les parents de ces
filles payent un prix élevé à qui veut les épouser,
fussent-elles riches, nobles et très belles. Il
semble donc certain que la nature désire exter-
miner la race humaine, comme étant inutile au
monde et destructrice de toute chose créée.

De la cruauté de l'homme.

On verra sur terre des créatures se combattre
sans trêve, avec très grandes pertes et morts fré-

quentes des deux côtés. Leur malice ne connaîtra
point de bornes; dans les immenses forêts du
monde, leurs membres sauvages abattront au
niveau du sol, un nombre d'arbres considérable.
Une fois repus de nourriture, ils voudront assou-
vir leur désir d'infliger la mort, l'affliction, le tour-
ment, la terreur et le bannissement à toute chose
vivante. À cause de leur superbe, ils voudront
s'élever vers le ciel, mais le poids excessif de leurs
membres les retiendra en bas. Rien ne subsistera
sur terre ou sous terre ou dans les eaux, qui ne
soit poursuivi ou molesté ou détruit et ce qui est
dans un pays sera emporté dans un autre; et leurs
propres corps deviendront la sépulture et le
conduit de tous les corps vivants qu'ils ont tués. Ô
Terre! que tardes-tu à t'ouvrir et à les engouffrer
dans les profondes crevasses de tes grands abîmes
et de tes cavernes, et ne plus montrer à la face des
cieux un monstre aussi sauvage et implacable?

De la navigation en bateau.

On verra les arbres des vastes forêts du Tau-
rus et du Sinaï, des Apennins et de l'Atlas, se
hâter, par l'espace, de l'orient à l'occident et du
septentrion au midi, et transporter grâce à l'air
une grande multitude d'hommes. Oh, combien

de vœux ! Oh, combien de morts ! que de sépa-
rations d'amis et de parents ! Combien qui
jamais plus ne reverront leurs provinces ou leur
patrie et qui mourront sans sépulture, leurs os
dispersés en divers sites du monde !

Du déplacement le jour de la Toussaint.

Beaucoup quitteront leur demeure en emportant avec eux tous leurs biens et iront résider en
d'autres pays.

Le Jour des Morts.

Combien prendront le deuil de leurs aïeux
morts qui porteront des lumières en leur bonheur.

Des moines qui, en faisant simplement dépense de mots
reçoivent grandes richesses et dispensent le Paradis.

Les richesses invisibles assureront le triomphe
de ceux qui les dépensent.

Des arcs en corne de bœuf.

Nombreux sont ceux que les cornes de bes-
tiaux feront périr d'une mort douloureuse.

C. A. 370 v. a

Considère cette chose d'autant moins appré-
ciée qu'on en a plus grand besoin : le conseil.

C 19 v.

Nombreux sont ceux qui en faisant commerce de supercherie et miracles simulés, duperaient la multitude insensée ; et si personne ne dénonçait leurs subterfuges, ils en imposeraient à tous.

F. 5 v.

Pour faire le bien.

La branche de noyer, frappée et battue au moment même où elle a amené son fruit à la perfection, symbolise ceux que leurs œuvres illustres exposent diversement à l'envie.

G. 88 v.

Toutes ces choses que l'hiver dissimule et cache sous la neige, seront découvertes et exposées l'été — dit du mensonge qui ne peut rester caché.

I 39 v.

On verra l'espèce léonine ouvrir la terre de ses griffes crochues, et s'enterrer dans les cavernes qu'elle a creusées, avec les autres animaux qui lui sont soumis.

Des bêtes vêtues de ténèbres sortiront de terre, et attaqueront la race humaine dans de prodigieux assauts ; et leurs morsures féroces empoisonneront son sang cependant qu'elles la dévorent.

Une tribu d'effroyables créatures ailées traversera l'air, assaillant à la fois hommes et animaux ; elle se repaîtra d'eux avec de grands cris, et s'emplira la panse de sang vermeil.

I 63 (15) r.

On verra le sang jaillir de la chair déchirée des hommes et humecter la peau.

On verra les hommes atteints d'une maladie si cruelle que de leurs ongles ils s'arracheront la chair : ce sera la gale.

On verra les plantes rester sans feuilles, et les fleuves s'immobiliser dans leur course.

L'eau des mers s'élèvera vers le ciel au-dessus des plus hautes cimes des montagnes et retombera sur les demeures des hommes : — c'est-à-dire en nuages.

On verra les plus grands arbres des forêts emportés par la violence des vents de l'orient à l'occident : c'est-à-dire au-delà des mers.

Les hommes jetteront leur propre nourriture : en semant.

I 63 (15) v.

La génération humaine en arrivera à un point où on ne se comprendra plus l'un l'autre, tel un Allemand avec un Turc.

On verra les pères livrer leurs filles à la luxure des hommes, les rétribuer et abandonner toute surveillance : quand les filles se marient.

Les hommes sortiront des tombeaux changés en créatures ailées et assaillieront les autres hommes en leur dérobant la nourriture jusque dans leurs propres mains et sur leurs tables : les mouches.

Ils sont beaucoup, qui écorchent leur mère et lui retournent la peau : les laboureurs de la glèbe.

Heureux ceux qui prêteront l'oreille aux paroles des morts : lire de bons ouvrages et observer leurs préceptes.

I 64 (16) r.

Les plumes élèveront les hommes vers le ciel, comme les oiseaux : au moyen des lettres écrites avec leurs pennes.

Les ouvrages de la main de l'homme seront cause de sa mort : épées et lances.

Les hommes poursuivront la chose le plus redoutée, c'est-à-dire qu'ils seront misérables par crainte de la misère.

Les choses disjointes seront unies et acquerront par elles-mêmes si grande vertu qu'elles restitueront aux hommes leur mémoire perdue : ce sont les feuilles de papyrus, formées de lambeaux détachés et qui perpétuent le souvenir des pensées et des actions humaines.

On verra les os des morts décider promptement de la fortune de qui les remue : dés.

Les bœufs avec leurs cornes préserveront le feu de mourir : lanterne.

Les forêts engendreront des petits qui causeront leur mort : manche de la cognée.

I 64 (16) v.

Les hommes asséneront de rudes coups à qui assure leur existence : ils broieront le blé.

Les peaux des bêtes feront sortir les hommes de leur silence avec de grands cris et jurons : balles de jeu.

Mainte fois, la chose désunie devient cause de plus grande union ; ainsi le peigne fait de joncs fragmentés, unit les fils de soie.

Le vent en passant par la peau des animaux fera sauter les hommes : les cornemuses qui font danser.

I 65 (17) r.

Des noyers dont on gaule les noix.

Ceux qui auront le mieux travaillé seront les plus frappés, leurs enfants enlevés, écorchés et dépouillés, et leurs os brisés et écrasés.

Sculpture.

Hélas ! que vois-je ? Le Seigneur crucifié de nouveau.

De la bouche de l'homme qui est une tombe.

Grand bruit sortira des tombes de ceux qui ont péri de mort mauvaise et violente.

Des peaux de bêtes qui conservent le sens des choses écrites sur elles.

Plus tu converseras avec les peaux chargées de sens, plus tu acquerras de sapience.

Des prêtres qui portent l'hostie en leur corps.

Alors, presque tous les tabernacles où est le Corpus Domini seront nettement visibles, cheminant d'eux-mêmes par les diverses routes du monde.

I 65 (17) v.

Et ceux qui alimentent l'air changeront la nuit en jour : suif.

Et mainte créature terrestre et marine montera parmi les étoiles : planètes.

On verra les morts porter les vivants en diverses parties du monde : chariots et navires.

À beaucoup, la nourriture sera retirée de la bouche : fours.

À ceux dont la bouche est remplie par la main d'autrui, la nourriture sera ôtée de la bouche : les fours.

I 66 (18) r.

De la vente des crucifix.

Je vois le Christ de nouveau vendu et crucifié, et ses saints martyrisés.

Les médecins vivent des malades.

Les hommes arriveront à un tel état d'avilissement qu'ils seront heureux que d'autres profitent de leurs souffrances, ou de la perte de leur véritable richesse, la santé.

De la religion des moines qui vivent grâce à des saints depuis longtemps morts :

Ceux qui seront trépassés depuis mille ans pourvoieront aux dépenses de maints vivants.

Des pierres converties en chaux, qui servent à la construction des murs de prison.

Beaucoup de choses qui furent anéanties par le feu priveront de leur liberté beaucoup d'hommes.

I 66 (18) v.

Des enfants à la mamelle.

Bien des franciscains, dominicains et bénédictins absorberont ce qui a été mangé par d'autres et seront plusieurs mois avant de pouvoir parler.

Des bucardes et limaçons de mer que rejette la mer et
  qui pourrissent dans leur coquille.

Combien, après leur mort, resteront à pourrir dans leur propre habitacle, emplissant l'air ambiant de leur puanteur fétide.

I 67 (19) r.

Plantes avec les racines tournées en haut.

Pour celui qui serait sur le point de perdre tous ses biens et de tomber en disgrâce.

Des choucas et des étourneaux.

Ceux qui se hasardent à habiter près de lui — et grand sera leur nombre — mourront presque tous de mort cruelle et l'on verra des pères et mères avec leurs familles, dévorés et tués par les bêtes impitoyables.

I 138 (90) v.

Des paysans qui travaillent en chemise.

Des ombres viendront d'orient et obscurciront le ciel d'Italie.

Des barbiers.

Tous les hommes se réfugieront en Afrique.

I 139 (91) r.

De l'ombre que l'homme projette la nuit avec un lumi-
   naire.

De grandes figures ayant apparence humaine
t'apparaîtront, et plus elles se rapprocheront de
toi, plus se réduira leur taille immense.

                                   K 50 (1) v.

Des mules chargées d'argent et d'or.

Maints trésors et grandes richesses seront mis
sur des quadrupèdes qui les porteront en des
lieux divers.

                                   L 91 r.

Sera noyé qui donne la lumière pour le service divin : les abeilles qui font la cire des cierges.

Les morts sortiront de dessous terre et par de
sauvages mouvements chasseront de ce monde
d'innombrables humains :

le fer qui sort de dessous terre est mort, et il
sert à la fabrication d'armes avec lesquelles tant
d'hommes ont été tués.

Les plus grandes montagnes, encore qu'éloi-
gnées des rives marines, chasseront la mer de sa
place :

au moyen des fleuves qui charrient le sol
dérobé aux montagnes et le déposent sur les

rives marines ; où il y a apport de terre, la mer se retire.

L'eau tombée des nuages changera de nature au point qu'elle restera longtemps aux pentes des monts sans remuer. Et ceci arrivera en bien des régions diverses :
la neige tombe en flocons, lesquels sont de l'eau.

Les grands rocs des montagnes exhaleront du feu et brûleront le bois de mainte vaste forêt, ainsi que de nombreux animaux sauvages et apprivoisés :
le silex du briquet allume le feu qui consume les fagots, rebut des forêts ; et sur ce feu, on cuit la chair des animaux.

Oh, que de grands édifices seront ruinés par le feu : celui des bombardes.

Les bœufs causeront en grande partie la destruction des cités ; et de même, les chevaux et les buffles :
ils servent à la traction du matériel d'artillerie.

Beaucoup grandiront en se détruisant :
la boule de neige qui roule sur la neige.

Des multitudes oublieuses de leur existence et
de leur nom seront étendues comme mortes sur
les dépouilles d'autres morts :
en dormant sur la plume des oiseaux.

On verra l'orient se ruer à l'occident, le midi
au septentrion, en tourbillonnant autour du
monde avec grand fracas, furie et tremblement :
le vent qui s'élance de l'est à l'ouest.

Les rayons du soleil allumeront sur terre un
feu qui embrasera celui qui est sous le ciel ; et,
refoulés par ce qui les gêne, ils reviendront vers
le bas :
le verre incandescent allume le feu avec
lequel on chauffe le four dont la base est sous sa
voûte.
Une grande partie de la mer fuira vers le ciel,
et de longtemps ne reviendra :
c'est-à-dire, les nuages.

B. M. 42 v.

Du blé et autres graines.

Les hommes jetteront hors de leurs habitations les provisions destinées à leur subsistance. *(Semailles.)*

Des arbres qui donnent leur sève à des greffes.

On verra pères et mères prendre bien plus soin de leurs beaux-enfants que de leurs propres fils.

Des thuriféraires.

Certains iront vêtus de blanc, dont les gestes arrogants menaceront les autres avec le métal et le feu, qui pourtant ne leur ont jamais nui jusqu'à présent.

B. M. 212 v.

Des chevreaux.

Les temps d'Hérode reviendront ; les enfants innocents seront arrachés à leur nourrice et mourront de grandes blessures, aux mains d'hommes sans pitié.

Forster II 9 v.

De l'herbe fauchée.

Des vies sans nombre s'éteindront et d'innombrables espaces libres seront créés sur terre.

De la vie des hommes, dont la substance corporelle se modifie tous les dix ans.

Les hommes traverseront, morts, leurs propres boyaux.

Des peaux.

Beaucoup d'animaux...

Forster II 34 r.

Des outres.

Les chèvres porteront le vin aux villes.

Forster II 52 v.

Des cordonniers.

Des hommes prendront plaisir à voir leurs propres œuvres usées et détruites.

Forster II 61 v.

Des abeilles.

Elles vivent en communauté. Pour prendre leur miel, on les noie.

Des communautés très grandes et nombreuses seront noyées dans leurs propres habitations.

Windsor : Dessins 12587 r.

La neige, en hiver, sera recueillie sur les hautes cimes et portée en des endroits chauds, où on la laissera choir, l'été, pendant les fêtes qui se célébreront sur la place.

Sul Volo 14 (13) r.

Les abréviations suivantes se réfèrent aux manuscrits ci-dessous mentionnés :

C. A. = Codice Atlantico.

Tr. = Codice Trivulziano.

A, B, etc., jusqu'à *I* et *K, L, M* = Ms., A, B, etc., jusqu'à I et K, L, M, de la Bibliothèque de l'Institut de France.

Mss. 2037 et 2038 Bib. nat. = N°s 2037 et 2038, Mss. italiens, Bibliothèque nationale.

B. M. = Mss. Arundel, n° 263, British Museum.

Forster I, II, III = Legs Forster Mss. I, II, III, Victoria and Albert Museum.

Leic = Ms. appartenant au comte de Leicester.

Sul Volo = Ms. « Sul Volo degli Ucelli » Bibliothèque royale de Turin.

Sul Volo (F. M.) = « Sul Volo » Fogli Mancanti.

Feuillets A et B = Dell' Anatomia Fogli A et B, Bibliothèque royale de Windsor.

Quaderni I-VI = Quaderni d'Anatomia I-VI, Bibliothèque royale de Windsor.

DÉCOUVREZ LES FOLIO À 2 €

Parutions d'octobre 2005

M. DE CERVANTÈS   *La petite gitane*

Un portrait de femme coloré et romanesque, une nouvelle poétique et baroque par l'auteur de *Don Quichotte*.

G. K. CHESTERTON   *Trois enquêtes du Père Brown*

Trois enquêtes pleines d'humour et de fantaisie du détective du Bon Dieu.

COLLECTIF   *« Dansons autour du chaudron »*
Les sorcières de la littérature

Venez danser la sarabande infernale des sorcières en compagnie des plus grands écrivains !

F. S. FITZGERALD   *Une vie parfaite* suivi de *L'Accordeur*

Le portrait de héros insouciants, capricieux et tourmentés, confrontés aux réalités de l'existence, et, à travers eux, d'une génération perdue.

J. GIONO   *Prélude de Pan et autres nouvelles*

Quatre nouvelles au goût amer, quatre textes marqués par le mal qui ronge le cœur des paysans.

K. MANSFIELD   *Mariage à la mode* précédé de
La Baie

Par petites touches lumineuses et justes, Katherine Mansfield esquisse des portraits pleins de finesse et de sensibilité.

P. MICHON   *Vie du père Foucauld — Vie de*
Georges Bandy

Deux vies minuscules, ordinaires, transfigurées par le talent de Pierre Michon qui s'attache à restituer le réel avec justesse et lyrisme.

F. O'CONNOR   *Un heureux événement* suivi de
La Personne Déplacée

Avec une très grande justesse, Flannery O'Connor met en scène des personnages qui ont peur, peur d'eux-mêmes et des autres, et que la souffrance rend méchants.

C. PELLETIER   *Intimités et autres nouvelles*

Quatre nouvelles très noires dans lesquelles le quotidien d'héroïnes ordinaires bascule soudain dans le cauchemar.

L. DE VINCI   *Prophéties* précédé de *Philosophie*
                               et *Aphorismes*

Avec un grand mépris des superstitions et de la crédulité des hommes, Léonard de Vinci, au gré des pages, livre ses pensées, une sagesse pratique et sa vision très personnelle du monde.

Dans la même collection

Compositon Bussière
Impression Novoprint
à Barcelone, le 3 septembre 2005
Dépôt légal : septembre 2005

ISBN 2-07-030990-8./ Imprimé en Espagne